Swing

Pip heeft pech

Voor Maria

LEES N!VEAU

		ME	ME	ME	ME	ME		
AVI	S	3	4	5	6	7	P	
CLIB	S	3	4	5	6	7	8	P
Ballet								

Toegekend door Cito i.s.m. KPC Groep

ISBN 978 90 475 0856 4

NUR 287

© 2009 Uitgeverij Van Holkema & Warendorf,
Unieboek BV, Postbus 97, 3990 DB Houten

www.unieboek.nl
www.viviandenhollander.nl
www.saskiahalfmouw.nl

Tekst: Vivian den Hollander
Illustraties: Saskia Halfmouw
Vormgeving: Petra Gerritsen

Vivian den Hollander

Swing

Pip heeft pech

Met illustraties van
Saskia Halfmouw

Van Holkema & Warendorf

'Ben ik nog op tijd?'

Met een rood hoofd komt Pip de zaal in.

Ze danst bij dans-school Swing.

Net als Bibi en Anna.

Dat zijn haar zussen.

Die dansen echt heel goed.

Pip niet.

Ze valt vaak.

Of ze struikelt.

Maar ze vindt dansen wel heel leuk.

Daarom ging ze al vroeg van huis.

Maar ze vergat haar schoentjes.

Dus moest ze terug.

Daarna rende ze de hele weg.

Pip wil niet te laat komen.

Zeker niet vandaag.
Want nu gaan ze door met het plan.
Fleur heeft het bedacht.
Fleur is de juf.
Ze zegt: 'Ha, Pip.
Kom maar gauw in de kring.'

Als Pip naar voren loopt,
klinkt er gelach.
'Ha, ha!' roept Sterre.
Jij ziet er gek uit.'
Pip draait zich om.
Wat bedoelt Sterre?
Ze heeft haar dans-pakje toch aan?
'Kijk dan zelf.'
Sterre wijst naar Pips benen.
Dan snapt Pip het.

Ze heeft haar kousen nog aan.
Door de haast vergat ze die uit te doen.
Ze krijgt een kleur.
'Oeps, foutje!
Wat dom.'
Als Pip er weer is, zegt Fleur:
'Ik lees alle namen op.
En wie zijn naam hoort,
maakt een buiging.'
Jet mag eerst.
Ze pakt haar rokje vast.
Als ze buigt,
lijkt ze wel een prinses.
Dan komt Bo.
Zij maakt een gekke
sprong.
En Maloe buigt heel snel.
Net of ze niet zo goed durft.
Dan hoort Pip haar naam.

Als ze naar voren loopt,
struikelt ze bijna.
Haar voeten zitten vaak in de weg.
Hoe zal ze buigen?
Opeens weet ze het.
Ze gaat doen wat Bibi pas deed.
Pip draait eerst rond op haar voet.
Dan buigt ze een knie.
Ook spreidt ze haar armen.

Ze valt nog net niet om.
'Knap gedaan,' zegt Fleur.
'Ja, mooi!' zeggen Bo en Maloe.
Maar Sterre sist: 'Stom, hoor!
Dat zag er heel gek uit.'
Pip schrikt.
Is dat waar?
Maloe fluistert:
'Let maar niet op Sterre.
Zij wil altijd de
beste zijn!
Daarom zegt ze dit nu.'

Pip is blij
als de les doorgaat.
Eerst gaan ze rekken en strekken.
Dat moet voor je spieren, weet Pip.
Zo worden ze warm.
Dan gaan ze een dier nadoen.

Fleur zegt:
'Beweeg maar vrij door de zaal.'

Pip huppelt naar links.
En springt naar rechts.

Ze fladdert met haar armen.
Ze voelt zich net een vlinder.
Maloe doet een dolfijn na.

En Jet een aap.
Het is een leuk gezicht.

Na een tijdje vraagt Fleur:
'Zijn jullie warm?
Dan gaan we door met onze dans.'
Pip staat al klaar.
Ze weet wat Fleur bedoelt.
Over een week is het open dag.
Alle ouders mogen dan kijken.
En daarom leren ze een dans.
Maar het is nog geheim.

'Hier, Pip.'

Maloe deelt de linten uit.

'Welke kleur had jij?'

Pip pakt twee gele linten.

Fleur zet de muziek vast aan.

'Weten jullie nog hoe het ging?'

'Ik wel,' roept Sterre.

Ze is vooraan gaan staan.

Hé, denkt Pip.

Dat is toch mijn plek?

Ze tikt Sterre op haar arm.

'Ik hoor daar te staan,' zegt ze zacht.

'Niet, ik sta hier.'

Sterre zegt het heel boos.

Pip zoekt gauw een plek in de tweede rij.

Fleur merkt het niet.

Die helpt Maloe.

'Daar gaan we,' zegt ze dan.

'Linten vast, en zwaaien!'

Pip telt mee met de muziek.

Ze weet nog hoe het gaat.

Eerst een zwaai met haar armen.

Dan twee passen opzij.

Daarna een draai.

Het gaat best goed.

Al is ze soms een tel te laat.

'Let op,' roept Fleur opeens.
'Nu komt de sprong.
Een, twee, drie, vier…
En op!'
Pip springt zo hoog ze kan.
De linten zwaaien mee.
Ja, dit gaat goed!

Weer springt Pip op.
Maar als ze neerkomt,
zakt ze door haar enkel.
'Au, au!'
Pip moet bijna huilen.
Zo'n pijn heeft ze opeens.

Fleur komt er al aan.

'Hm, dat ziet er niet goed uit,' zegt ze.

Ze haalt gauw een zakje met ijs.

Dat legt ze op de zere plek.

'Gaat het?'

Pip probeert te staan.

'Nee!' kreunt ze.

'Mijn voet doet erg pijn.'

De les gaat weer door,
maar Pip doet niet mee.
Ze zit op de bank en denkt:
Hoe moet dat nu met de open dag?
Kan ik nog wel meedoen?
De dans is juist zo leuk!
Haar moeder zal dat vast ook vinden.
Ze zegt vaak:
'Bibi en Anna dansen al zo goed.'

Nu kan ze zien
dat Pip het ook best kan.
Als ze dus maar mee kan doen...
Er rolt een traan over Pips wang.
Ze veegt hem gauw weg.
Niemand mag haar tranen zien.
Vooral Sterre niet.
Die staat nog steeds vooraan.
Ze lacht lief naar Pip.
Maar Pip lacht niet terug.
Ze kijkt wel uit!

Na afloop van de les
komt Pips moeder haar halen.
'Wat is er?' vraagt ze bezorgd.
'Stapte je mis?
Of deed je te wild?'
Pip haalt haar schouders op.
'Ik viel zomaar.'
Ze wil niks zeggen over de dans.
Ook Fleur houdt haar mond.
'Ja, Pip viel,' zegt ze.
'Maar als ze even rustig doet,
gaat het vast snel weer goed.'

Fleur krijgt gelijk.

Het gaat al gauw beter met Pips enkel.

Dat merkt ze als ze danst.

Ze oefent vaak in haar kamer.

De muziek van Fleur heeft ze niet.

Twee linten wel.

Woensdag is het zover.

Dan is de open dag.

Haar moeder komt ook kijken.

Wat zal ze verrast zijn!

Pip stapt, en zwaait.
Ze maakt een draai.
Zou de sprong al lukken?

Die durfde ze nog niet goed.
Vooruit, nu kan het toch wel?

Ze springt op...
'Au!' roept ze dan.

Er schiet een pijnscheut door haar enkel.
Ze valt op de grond.

De pijn is niet zo erg als eerst.
Maar ze voelt het wel.
Pip staat vlug op.
Oei, wat deed ze dom!
Ze hinkt gauw naar haar bed.
Ze zit net,
als haar moeder komt kijken.
'Wat is er?
Viel je op de grond?'

'Nee, mam.'
Pip krijgt een kleur.
Ze moet wel jokken.
Ze mag niks zeggen over de dans.
Dat heeft ze Fleur beloofd.
'Vreemd,' zegt haar moeder.
'Toch hoorde ik iets.'
Ze loopt de kamer uit.
Pip blijft achter op het bed.
Ze wrijft over haar enkel.

Had ze nu maar ijs...
Dan hield ze dat op de zere plek.
Net als Fleur deed.
Maar ze kan er niet om vragen.
Als mama weet van haar zere voet,
mag ze morgen vast niet dansen.
Bah!
Wat een pechdag is dit!
Even later komt Bibi binnen.
'Wat is er met jou?' vraagt ze verbaasd.
'Waarom kijk je zo droevig?'

Pip begint te huilen.

'Omdat mijn voet zo'n pijn doet.'

Ze vertelt gauw het hele verhaal.

Over de dans en over de open dag.

'Ik wil morgen zo graag meedoen.

De pasjes lukken juist zo goed!'

'Arme Pip,' zegt Bibi.

'Wacht, misschien weet ik wat.'

'Echt?'

Pip gelooft het bijna niet.

Maar Bibi glipt de kamer al uit.

Ze haalt eerst wat ijs.
Dan pakt ze een strak verband.
Dat wikkelt ze om Pips zere enkel.
Het helpt heel goed.
Pip kan er gelijk weer op staan.

'Wauw, dat voelt fijn!' lacht ze.
Ze trekt gauw een sok aan.
Zo kan mama het verband niet zien.

Toch blijft ze bezorgd.

'Wat doe ik morgen bij de les?

Dan zal mama het verband wel zien.'

Bibi plukt aan haar haar.

'Ik weet al wat,' zegt ze dan.

'Zullen we gaan?'

vraagt Pips moeder een dag later.

Het is half twee.

En om twee uur begint de les.

Pip knikt.

Ze staat al klaar.

En in haar tas zit...

Nee, dat zegt ze niet.

Dat ziet haar moeder straks wel.

Ze is blij dat ze met de fiets gaan.

Dat scheelt weer voor haar voet.

Al doet die niet meer zeer.

Dat komt door het verband.

Het is druk bij Swing.
Pip kleedt zich snel om.

Ze trekt ook been-warmers aan.
Die kreeg ze van Bibi.
Heel slim!
Zo zie je het verband niet.
Als Pip de zaal in loopt,
stapt Sterre op haar af.

'Wat heb jij nou aan?'
Ze wijst naar Pips benen.
'Die dingen draag je nu toch niet?
Het staat echt heel gek.
Ik denk dat Fleur dat ook vindt.'
Even moet Pip slikken.
Maar dan zegt ze stoer:
'Dit is juist hip.
Mijn zus zegt het zelf.'
Sterre kijkt verbaasd.
Pip gaat gauw klaar staan.
Zo, dat was één-nul voor haar!

Na het rekken zegt Fleur:
'En dan nu ons geheim!'
Ze wenkt de meisjes.
Pip wil naar de tweede rij lopen.
Maar Fleur pakt haar arm.
'Pip, jij hoort vooraan.
Ruil maar met Sterre van plaats.'
Pip weet niet wat ze hoort.
'Mag Pip vooraan?' zegt Sterre.
Met die gekke been-warmers aan?'
'Dat staat juist leuk,' zegt Fleur.
'Ik zal die van mij ook gauw aandoen.'
Ze haalt ze uit haar tas.
'Stom gedoe,' mompelt Sterre boos.

Maar Pip straalt, zo blij is ze.
Ze kijkt niet meer naar Sterre.
Nu moet ze laten zien wat ze kan.
Zou het lukken met haar voet?
Ze let goed op de muziek.
Ze danst en zwaait met de linten.
Ze draait en springt.

Haar voet doet geen moment pijn.
Na afloop klinkt er veel applaus.
'Mooi!' roept het publiek.
Alle meisjes buigen.
Als Pip weer rechtop staat,
ziet ze haar moeder klappen.
Bibi en Anna zijn er ook.
Ze zwaaien trots naar haar.
'Wat danste je goed!' roepen ze.
Pip buigt nog een keer.
Ze voelt zich heel trots.

Zie je wel.
Dansen past bij haar.
Maar dat wist ze allang.

Wil je meer lezen over Pip
en dans-school Swing?

Lees dan ook:

ISBN 978 90 475 0854 0

AVI E3